AF220244

hans falkemeier
benedikt mattern (hrsg.)

Why mar?

und andere Prosa

In Erinnerung an
'*Die* wunderbaren Jahre'

Bibliografische Information der Deutschen
Nationalbibliothek: Die Deutsche Nationalbibliothek
verzeichnet diese Publikation in der Deutschen
Nationalbibliografie; detaillierte bibliografische
Daten sind im Internet über dnb.dnb.de abrufbar.

2. überarbeitete Auflage

Autorenfoto: Hans Falkemeier

Verlag: BoD - Books on Demand GmbH, In de
Tarpen 42, 22848 Norderstedt
Druck: Libri Plureos GmbH, Friedensallee 273,
22763 Hamburg

ISBN: 978-3-7568-4521-7

inhalt

theater muss sein
hans falkemeier

An die altehrwürdige kommt ein Neuer. Es
wird windig. Der Neue ist einer, der
Standheizungen dumpf findet und warmen
Wind schön.
Ein Kollege wettet mit dem Neuen. Eine
Packung Dextro-Energen, wenn er schafft,
was er vorhat. Der Kollege kennt die
altehrwürdige und ist sicher, dass er die
Ausgabe sparen wird. Der Neue macht
Theater. Kontakt mit Globe Education,
London. Es müssen in sechs Wochen 200
Pfund erarbeitet werden, dann wird die
Schule zum Globelink-Partner. Viele
offene Wege danach, um Pflicht-
Shakespeare zu Lust-Shakespeare zu
verändern, allmählich. Ein warmer
Windzug.

Eine begeisterte Truppe von Schülern und
Schülerinnen. Eine selbstverfasste
Version von Macbeth. Ein Geflecht von
Bedingungen, das erfahrene Kollegen dazu
leitet, den Einsatz einer Packung Dextro-
Energen als nicht zu riskant zu
betrachten.

Maloche ohne Ende. Schreiben,
telefonieren, erlernen, erfühlen,
erproben. Abstimmen, hegen, pflegen,
machen. Eine Stunde enthält Ungeahntes,

wenn auch nicht Ausgeschlossenes. Der
nette Kollege ist kein Zocker, und er
spielt mit. Er hat seine persönlichen
Gründe, dem Neuen zu helfen. Der Nette
5   spielt auf der Bühne einen Lehrer. In der
ersten und zweiten Reihe 'ein Kurs'.
Thema Shakespearedrama. „What can you see
about the stylistical devices? Yes,
Silvia?" „There is a metphore in line
10   10!" „Very good. Go on." Und so weiter.
Klingeln. „Stop! Homework! Analyze the
next sree lines." Lehrer klappt die
Aktentasche zu. Will gehen. Da kommt
William (höchst persönlich), ruft ihn zu
15   sich und fragt: „Lehrer! Hast du mich
verstanden? Einen Satz, ein Wort? Nichts.
Mach' Pause, Lehrer." Der Lehrer geht und
Shakespeare sinniert über den Sinn des
Dramaschreibens. Hat etwas, die Szene.
20   Eines Tages nun in den sechs Wochen kommt
Helge aus der Zwölf, der den süßen
Spezialkurier spielt, und fragt den
Neuen, ob er an der Tür gelauscht hat.
„Nee? Wie kommst du drauf?" „Weil es bei
25   uns im LK bei Frau Harzhaus haargenau so
abläuft. Macbeth." Das ist ein Problem,
denkt der Neue, und spricht mit dem
Netten. Der Nette hat Zynismus
schmerzhaft, aber sicher gelernt und
30   sagt: „Jetzt erst recht!" Na dann.

Die Aufführung ist brechendvoll. Muss man
sehen. Marian aus der 12 ist Shakespeare,
der Nette ist begeisternd, der Neue ist

Lederjacken-Macbeth. Eine Nerz-Mutter in
der ersten Reihe raunt zur Kollegin
Singer, dass der doch nicht an die Schule
passe. Sehe ich auch so, sagt Frau
5   Singer. In der Nähe sitzt Frau Harzhaus,
die selbstsicher hoch drei den 12er LK in
die Geheimnisse englischsprachiger
Großdichtung einführt. Die Szene stößt
auf viele Déjà Vus beim Publikum, am
10   hellsten bei den jungen, erfahrenen
Zuschauern.

Es gibt am Schluss die überbordende
Erleichterung bei den Spielern und
15   minutenlange stehende Ovationen. Ein
Kollege kommt lächelnd auf die Bühne und
überreicht Macbeth eine Packung Dextro-
Energen. Sorgt für spekulationsgenährte
Heiterkeit ringsum. Dann nähert sich Frau
20   Harzhaus. Schick gewandt, mit
zugewandter Belustigung, engagierter
Stimme und festem Blick. Ist graugrün und
scheint herzlich. „Ganz großartig. Sehr
schöne Leistung! Gratulation, Herr
25   Kollege. All das in Eigenarbeit?
Fantastisch. Da sehen wir doch wieder
einmal, wozu unsere Schüler in der Lage
sind.‟ Sie intoniert ihre Worte, als
seien sie Jingle Bells. Climatic
30   Structuring:
„Aber das Highlight war ja,
ohne Frage,
diese perfekte Persiflage

auf traditionellen Unterricht. Wun-der-
bar!"

Der Nette ist geblieben, der Zynismus
machte ihn stark. Frau Harzhaus bildet
weiter. Ihr Handling steht auf breiten,
vielen Füßen. Don't worry. Der Neue wurde
älter und die Standheizung summte immer
lauter. Warmluft auf der Stelle. Sechs
Stücke Dextro-Energen reichten nicht. Und
wenn er nicht gestorben ist, dann lebt
der Neue noch. Und bläst die Backen auf.
Hope dies last. So they say.

erstes erwach(s)en
benedikt mattern

5   „Ich bin noch keine sechzig und ich bin
auch nicht nah dran und erst dann werde
ich erzählen, was früher einmal war. Wir
werden immer laut durch's Leben zieh'n,
jeden Tag in jedem Jahr und wenn ich
10   wirklich einmal anders bin, ist das heute
noch scheißegal!" Ich blickte in Jaspers
Gesicht. Er lächelte zufrieden und nahm
einen großen Schluck aus seiner Bierdose.
Ich lachte zurück, Arm in Arm. Das Gefühl
15   großer Freundschaft, die es zweifelsohne
auch schon immer war. Es war spät, doch
die Stadt war voller Menschen. Eine
warme, unerwartet helle Nacht im Mai. Wir
schoben uns an jungen Menschen, denen wir
20   egal waren, und an älteren, die uns
aufgrund unserer vom Alkohol gelockerten
Meinung misstrauisch ansahen, vorbei. Ich
denke, sie taten das weniger, weil sie
Angst vor uns hatten, sondern vielmehr
25   weil sie um die Allgemeine Sicherheit und
Ordnung bangten, was auch immer das sein
mochte. Dabei konnte jeder von ihnen,
vorausgesetzt er ist selbst einmal jung
gewesen und hat sich davon einen Rest
30   bewahren können, deutlich sehen, dass
unser Aufstand nur geprobt war. Und sogar
wir wussten nur zu genau, dass dies auch
immer so sein würde.

Nein, wir waren keine ernst zu nehmenden
Revolutionäre. Dennoch überraschte mich
meine Einzug gehaltene gesellschaftliche
Frustration von Zeit zu Zeit, da sie ohne
5   besondere Ankündigung plötzlich gekommen
war. Sie löste in mir eine seichte Wut
aus, die mich zum Hinterfragen vieler
subtiler Sachverhalte antrieb, welche ich
seit jeher als gegeben und richtig
10   angesehen hatte. Jasper schien es ähnlich
zu gehen, auch wenn er oft
diplomatischere Ansätze hatte. War das
nun das obligatorische Aufbegehren gegen
die elterlichen Werte? Wir
15   interpretierten die neue Haltung anders
und hielten uns in Folge dessen auch
dafür. Einen gemeinsamen Kanal, der es
uns ermöglichte, unsere so wahrgenommenen
Gefühle auszuleben, war die Musik.
20   Sie verband uns auf eine Weise, wie ich
sie zuvor noch nie und danach nur noch
sehr selten erlebt habe. Regelmäßig
fanden wir uns, Stunde um Stunde Musik
diskutierend, hörend und schließlich
25   selbst schreibend. Von dem Tag an, an dem
wir zum ersten Mal zusammen mit Jan und
Steffen im Proberaum standen, wurde mir
deutlich, dass wir etwas schaffen
konnten. Etwas erreichen. Ich sah einen
30   Sinn in dem, was wir taten. Ich sah einen
Sinn in meinem Zutun. Jeder einzelne von
uns war ein Teil des Ganzen und als
solcher unersetzlich. Genau so, wie wir
in dem einen Moment mit den Köpfen

12

aneinander stießen, war es uns im
nächsten möglich, uns gegenseitig nach
vorne zu tragen, bis wir am Ende an einem
Punkt ankamen, der uns allen als das
maximal Erreichbare erschien. Dies gelang
uns drei wundervolle Jahre, bis wir
einander einredeten, keinen gemeinsamen
Kanal mehr zu brauchen. Nie wieder habe
ich danach diesen gewaltigen Strom
verspürt, der uns über die Zeit mitriss
und uns so lange nicht mehr losließ, bis
unsere Unruhe in der Lautstärke und der
Geschwindigkeit unserer Musik gipfelte
und sich schließlich im Ende unserer
Jugend verlief. Wir waren nicht mehr die
Gleichen. Und auch wenn es unaufhaltsam
war, kommt mir diese Zeit regelmäßig als
vorzeitig abhanden gekommen vor.

why mar?
hans falkemeier

5   Sie ist nicht gestorben (warum auch?).
     Folglich lebt die altehrwürdige noch und
     lädt, im Herbst eines jeden Jahres, all
     ihre Unterprimaner/-innen in den Zug nach
     Weimar und zur kulturellen Erbauung ein.
10   *Zurück zu den Wurzeln* heißt es dann aus
     Germanisten- und Historiker-Kehlen und
     meist ist ein Plätzchen für die
     Kunstpädagogin reserviert. Goethe – Ebert
     – Gropius. Und, selbstredend,
15   Rostbratwurst und Buchenwald. City Centre
     und Dark Side of Town.

     Begreiflich, dass der Weg vom Hölzken der
     Liste von WE-Highlights zum Stöcksken des
20   gedanklichen Mitkommens ein sowohl
     schneller als auch schwerer sein würde.
     Und empfäng- oder empfindliche Gemüter
     zum kurz- oder langigen Aufgeben nicht
     nur verführen, sondern beinahe zwingen.
25
     Motte war ein suchender Gitarrenspieler,
     nicht der ideale Repräsentant der
     altehrwürdigen, aber auch nicht
     rebellisch genug, um durchs
30   interpersonale Netz zu fallen. Ein
     angesagter Klassenfahrtklimperer also,
     hip und ungefährlich. Zog Zuhörer und
     vereinfachte Aufsichten der Begleiter,
     die sich derweil an Jauch-reifen

Antworten auf nicht gestellte Fragen zur
Warburger Börde, zum Herkules, zur
Wartburg und zum Mariendom übertrafen,
bevor sie, als – da! Oben! Links! Ahh ja!
5   – das Mahnmal in Sicht kam, ihren
Ausstieg vorbereiteten.

„Was heißt 'früher'?", stieß Motte Pogo
an. Pogo fand er interessant, weil sie
10   immer so unbedarft wirkte, dass er sich,
sich statt sie, manchmal fragte 'Where do
you go to my lovely/when you're alone in
your head/tell me the thoughts that
surround you/I want to look inside your
15   head'. Aber sie tat kaum einen Schritt
ohne Romea, und die fand er zu plakativ.
„Hä?? 'Eher'!", grinste Pogo. „'Former'
oder 'formerly'", ließ Romea einfließen
und tat gelangweilt. Sie war die beste
20   der drei, in Englisch.

An der Spitze der wogenden Schar
notgedrungener Lemminge deutete Didi,
Herr Ivotus, dramatisch und dreimal auf
25   das blaue Schild auf Bahnsteig 4, wo ihr
IC, um mindestens 4,2 Tonnen leichter,
sich gen Gotha aufzumachen gedachte.
„Eben, Didi, eben!!", rief Motte aus
sicherer Distanz, klopfte einen Offbeat
30   auf die eingehüllte Gitarre und 'Culture
town with culture station/formerly brown
part of the nation'. Niemand zeigte
Begeisterung. Didi und Matta, die
wandelnden Lexika aus dem Lehrerzimmer,

hatten ihre Kollegin Greb kunstvoll
eingekreist und waren schon in der
Eingangshalle. Ausgangshalle eigentlich.
Motte traf relativ spät auf den Schwung
5   der Schwingtür und fluchte, weil die
Klampfe fast zwischen die fetten
Holzkolosse geraten wäre.

Auf dem Vorplatz stand Didi und dozierte
10 über seinen Kopf hinweg eine breite
Straße schnurgerade einen Gang hinunter.
Es hatte was von Freilichtspielen, dachte
Motte. „Carl-August-Allee! Nahaaa?".
Irgendjemand sagte etwas von Erbprinz und
15 Goethe und Erziehen. Motte freute sich,
weil er sich gemerkt hatte, dass die JH
auch in dieser Allee lag. Zimmerbelegung
war gebongt, Bierdienst auch. Erstmal
ausspannen!
20

Angespannt bedauernd schaute die
jugendstilige Frau Greb, als Didi, schon
in Hochform, das Nachmittagsprogramm in
einen Zeitrahmen quetschte und für Matta
25 übrig blieb, auf des Organisatorixens
Frage „Was vergessen?" den Kopf sachte
nach links und rechts und links zu
bewegen. Frau Greb seufzte solidarisch
und man trug gleich die von Erbsensuppe
30 befreiten Teller und Töpfe zum
Förderband, wo auch sie dem Lauf der
Dinge folgten.

Kaum am Schiller-Gymnasium vorbei, da
begann es zu regnen. Neues Museum – „Sieh
da, du!", foppte Romea am Großen Geist.
Viele spähten zum Atrium 'rüber. „Nazi-
5   Architektur.", warf Frau Greb ein,
„Zeitzeugen aus Stein.", rückte Didi
zurecht. Matta, der am meisten von allen
wusste, wählte den Kopfbewegungs-Modus
zwischen Nicken und Schütteln.
10 Weimarhalle, Stadtmuseum, Goetheplatz.
Motte sah ein Schild, Zur Sonne. Cool,
dachte er und summte plötzlich 'Why does
ist always rain on me?'. Man summte mit.
Didi hatte Matta rhetorisch gefragt, ob
15 die goldene Kugel da die Spitze des
Jakobkirchturms sei. Nick. Voran!

Der kuschelige Kirchhof, die dunkel
übergrünte Grabplatte. *Der einz'ge Sinn*
20 *meines Lebens ist, ihren Verlust zu*
beweinen. Wow, dachte er, jetzt mit Käse
und Rotwein ins Gras sinken und summen
und sinnieren. Vielleicht mit Pogo ...
Matta sprach leicht Süffisantes über
25 Christiane V. und warum sie nicht wie der
übrige Clan in die Fürstengruft – die wir
dann ja morgen früh sehen werden –
umgezogen war. Motte versuchte, o Manno,
vergebens, durch träum'rische Wolken zu
30 scheinen, so als sei er aufmerksam.
Ein buntes Wrack von Haus, linke Sprüche,
Besetzerszene, schnell vorbei. Im Abknick
der Straße – viel stolperträchtiges
Kopfstein ... war in 'Sound of silence'

18

nicht so was? ... – blieb Herr Ivotus
stehen und hielt den linken Arm wie ein
Duodezfürst nach vorne hoch ausladend.
„Was ist das?" „Stadtschloss?" „Oho! Und
5   was fließt –", rechter Arm unterm linken
hindurch nach links deutend, „– da?"
„Ilm!" „Ich bin erfreut!" Weiter.
Kunstsammlungen drinnen. Frau Grebs
Stündlein. Als ein Stillleben mit grünen
10   Flaschen in Sicht kam, stöhnte Romea
leise auf. Matta hatte das mitgekriegt
und sagte: „Zwar stirbt sie zuletzt, aber
diese Hoffnung wird sterben." Viele von
Ihnen hatten ihn in jüngeren Jahren als
15   Klassenlehrer gehabt und fast alle hatte
er unter der Rubrik ‘Pappenheimer’
verwurstet.
„Hey, war Christo hier?", vorwitzte,
wieder draußen, eine begabte
20   Kunstschülerin in Frau Grebs Nähe. „Nn-
ein, ahem ...". Der Interruptus kam von
Matta und seiner gelächelten Erzählung
zur Ursache für die plastifizierte
Außenhaut der AA-Bibliothek. Motte war
25   fast, jenseits von Gut und Böse, in Heavy
abgekommen und murmelte etwas von ‘Fuel
for fire’ ... Dann endlich gab’s frei.
Eineinhalb Stunden.

30   „Ey, krass billig hier, der Brennstoff,
ne?", meinte einer aus dem inoffiziellen
Gelagekomitee und verstaute eine pralle
Tüte mit Pilsdosen im Rücksack. „Ich
sag’s ja!", rief Bürgersohn Lasse Key,

„Zu irgendwas ist auch Dunkeldeutschland
gut." Kichern mancher Girls. Sie standen
beim Stand mit der riesigen Bratwurst aus
Pappmaché auf dem Dach und Herr Key
5   meinte noch, dass die Pilze gegenüber im
Russischen Hof vielleicht noch *billiger*
wären, von wegen russischer. Die
Lehrkräfte schritten aus dem Goethecafé
und in Keilformation mit dunklen
10   Outdoorjacken auf ihre Alumni zu. Romea
tat kund, dass Weimar mit nur *einem*
McDonald's aufwarte und der stelle
fußwegtechnisch krasse Anforderungen.
„Wurstschutzmaßnahme!", tönte Lasse Key.
15   „Ahh, Herr Key!" *Noch* ein Tönen. Didi.
War das gar Schaum vorm Mund? „Das treibt
mir, uns, ja die Schamesröte ins Antlitz!
Während wir Cappuccino schlürfen,
arbeiten Sie, verbissen wie immer, an den
20   makroökonomischen Fragestellungen!"
„Nicht nur an denen, Herr Ivotus!" „Oho,
interdisziplinär also!?" Lasse nickte
kurz nonchalant, inoffizieller Bluffchamp
der Jahrgangsstufe, viele beneideten ihn.
25   Matta ließ sich, mit mehr Tunnel- als
Lichtjahren und -blicken auf dem Buckel,
wohlweislich gar nicht erst auf
intellektuelles Irrlichtern ein, aber
Didi hatte noch dieses Feuer und trat
30   nach: „Dann sind Sie doch sicher auch
dort -", er streckte den linken Arm die
Wielandstraße entlang und machte
fairerweise noch einen
Halbrechtsschlenker mit dem Zeigefinger

20

auf die Mitte des Theaterplatzes, „– den
beiden grauen Herren begegnet." Man
musste Lasse lassen, er blieb tough.
„Herren? Grau? Einige waren da, einige.
5   Könnten Sie das bitte vielleicht etwas
präziser eingrenzen, Herr Ivotus?" Matta
litt. Motte rauchte. Pogo hatte erst vor
kurzem das Vorsage- bzw. Drängel-Alter
hinter sich gelassen und machte
10 Mundbewegungen. Genauer gesagt,
Lippenbewegungen. Ö! Ö! „Keine grauen
Eminenzen, die Beiden!" setzte Didi
drauf. Frau Greb lächelte gekünstelt. Ein
Taxi wollte zum Stand am Mon Ami. Lasse
15 hielt sich in der resultierenden
Zerstreuung an Pogo, die mit Romea
dauernd zur Douglas-Auslage hinüber
spinxte, und auf der anderen Straßenseite
fragte er den Lehrer, warum er ihm eine
20 solch läppische Frage wie die nach Goethe
und Schiller auf dem Denkmal gestellt
habe. „Ja, Herr Key, denk mal.", seufzte
Herr Ivotus und ließ es gut sein.

25 Am Schwansee vorbei. Beschaulich. Und
dann war da nach vielen Abbiegungen der
Sechserraum mit Etagenpritschen. „Ach,
erstma 'n Bier!", grölte einer dezent,
dann klapper und schepper und zisch und
30 rülps und „Sau!". Motte hatte Päda als
drittes Abifach und folglich schon mal
was von Rationalisierung gehört: er würde
dann ja eventuell über Peer Groups und
Identität und, klar, Geschlechtsspezifik

zum Besten geben können. Das Bier war
echt süffig. 'Ehrigsdorfer' stand drauf,
erinnerte ihn an Hering, brauchte er
noch. Fundament. „'Nordsee' oder so, ja
5   ja, weiß schon. Nee, nicht gesehen.",
schüttelte Didi den Kopf. Matta betonte,
er sei nicht in eine europäische
Kulturhauptstadt gereist, um sich an
Fischrestaurants zu delektieren. Motte
10   suchte den Frauenflügel auf, Frau Greb
reagierte grebig. „Ja, Bertram, ehrlich
gesagt, ich bin überfragt. Allerdings ja
auch erst zum zweiten Mal in dieser
hübschen Stadt." „Ist ja kein Problem",
15   murrte Motte. Er hatte begonnen, sich zu
ärgern. Es würde in die Richtung
weitergehen, huch!, ging schon. „Finde
ich aber einen guten Gedanken", gurrte
sie, „nachher im Theater lässt sich das
20   Problemchen sicher lösen." Ihm schwante
Übles. „Wie, 'Im Theater'? *Da* Fisch
kriegen?" Didi oder Matta hätten jetzt
Zynisches geantwortet. „Herr hilf!" oder
„Pisa lebt!" oder so. Nicht so Frau Greb.
25   Schülerversteherin. „Nö, wohl weniger,
oder spielt Fisch im Tell 'ne Rolle?"
'Woher soll ich das wissen?' dachte Motte
schweigend, und Frau Greb antwortete sich
selbst: „Egal, – aber fragen. Nebenmann,
30   -frau, hm?" 'Wird hoffentlich Pogo sein',
dachte Motte schweigend weiter,
'schlimmerfalls Lasse'. „Oder, noch
besser, in der Pause ... Fisch würde mir
auch sehr gefallen." „Ja, klar, gute

Idee, danke!", stapfte er aufatmend aus ihrem Verschlag auf den Flur und ließ sie aufatmend zurück.

5 Es existierte ein schmuck spiralgebundenes Skript (zu Didis Studienzeit hätte es *paper* geheißen), augenscheinlich den verschiedenen Unterrichten erwachsen, das sich mit 10 Daten und Fakten zum Kirrewerden präsentierte, aber, da es quasi fast selbstständig von Schülerhirnen gedownloadet worden war, zum Glück nicht irgendwie auf Noten abgeprüft wurde. Die 15 Schleimer und die Streber hatten es dabei, weil es etwas her und Eindruck machte. Motte, in gewisser Weise stur, hatte es auch mit. Und zwar, weil er es idiotisch fand, etwas zu machen und dann 20 nicht dorthin mitzunehmen, worüber es gemacht worden war. Also, zum Musikproduzenten würde er sein Demoband ja auch mitnehmen, statt es auswendig zu lernen ... 'Insight'. Außerdem, 25 jedenfalls in Musiksachen, konnte es ja durchaus passieren, dass sich Demo und Studio zu etwas vorher gar nicht Dagewesenem inspirierten, Epiphanie quasi. Die Lasses würden es nicht raffen, 30 aber die Welt, fand Motte, war ja immer noch keine reine Lasse-Faire-Welt, obwohl viel danach aussah. Zum Beispiel, dachte er, ihr Begleitertrio Infernale: wetterten, wo sie konnten gegen

Antiautoritäres und wussten gleichzeitig,
was an Party in der JH abgehen würde.
Konsequenz war: Ils nous laissent faire.
Ach ja ...

5

Vorm Tell ein paar von den Bieren, im
Tell nix Besonderes, nach dem Tell zurück
nach Ehringsdorf, gewissermaßen. Die
Fischfrage hatte sich erledigt, die
10 präventiv dabeien Aspirin würden es auch
tun. Nächtliche Kontrollgänge nicht zu
befürchten. Der Preis, der für
'Mittendrin statt nur Dabei'-Sein zu
zahlen war, bestand in der fast
15 kompletten Unmöglichkeit von Schlaf.
Pogo-mäßig spielte sich auch nichts ab,
so dass der Morgen wahrhaft mit Grauen um
die Fenstersimse gewälzt kam. Motte hätte
in der 6erbude einen Aspirinshop
20 aufmachen können, aber dieser Mangel an
vorausschauendem Denken der Anderen
überraschte ihn nicht. „Apotheke um die
Ecke!", wiederholte er stereotyp und ließ
sich ungerührt dafür anpöbeln.

25

Auch wenn nicht gerade Frühjahr
herrschte, und trotz der verbreiteten
Sehstörungen bei reichlich Vielen, kam
der Programmpunkt 'Goethes Gartenhaus'
30 voll gut. Denn Menschsein war tatsächlich
im Ansatz möglich. Mittlerweile hatte die
Sonne das Grau vergrault, der Ilmpark
ließ tief und weit blicken. Das clevere
Ineinander von weiten Grasflächen,

24

angestaubten Ruinchen, weichen Bögen und
Stufengängen aus Naturstein ergab eine
Art wilder Ruhe, und die Gefahr, zum
gedanklichen Fluchtfossil zu werden,
5 tänzelte auf den Gluckerwellchen der sich
einfallsreich schillernd durch Goethes
virtuelles Blickfeld schlängelnden Ilm
davon. Fließendes Leben, buchstäblich.
Quälende Enge dann in des Maestros
10 Gartenhaus. Die Holzbohlen übertönten
sich unter dem Dauerdruck in
erbarmungswürdigem Quieken und Knarren.
Klassischer Starkult, dachte Motte, es
fiel ihm plötzlich ein, weshalb
15 'klassisch' in Englisch in zwei
Ausführungen existierte. Welche
allerdings hier richtig wäre, das hieße
zu viel von einem Mann zu verlangen, der
80% der Nacht mit Ehringsdorfern
20 verbracht hatte ... Wissensbites ohne
Ende aus Lehrermündern, wie wohl hätte
Jay Dabbeljuh den Trubel kommentiert?

Wer wohl gedacht hatte, man könne sich
25 zwischen die mächtigen Eichen draußen
auf's weich winkende Gras flezen, wurde
eines Schlechteren belehrt. Von diesmal
Didis *rechtem* Arm ... voraus, paar
hundert Meter, ein weißer Punkt im
30 grünbunten Ambiente. Marschmarsch.
„Also", befand Romea eine Zeit lang
später, „der Shakespeare sieht klar
fescher aus als der Goethe, gibt's kein
Vertun!". „Sah", sagte Pogo. „Sieht",

insistierte ihre Symbioseschwester. „Typisch", klinkte Motte sich ein, „wer sagt, dass sie so, genau so, ausgesehen haben?" Schnippische Verlegenheit traf
5   ihn wie die Luft aus einem gerade geöffneten Backofen, wenn die Pizza fertig ist. Er verzog sich, der Horde hinterher, mehr oder weniger geradeaus. Und, o Graus', aufwärts. Von oben war,
10   auf Wunsch, ein schöner Blick möglich, jedoch mit 180°-Drehung als Voraussetzung. Etwas Seltsames geschah, und dieses Korn ward gefunden von Lasse. Ironie der Geschichte. „Ey, nicht übel!",
15   rief er mit der Körpersprache eines John Wayne-Plagiats, in das gestreckte Herbstblumengrün beiderseits der Ilm, „Privatgolfplatz von Wolfgang und William. Wow!" Abgesehen von Matta, der
20   bei sowas stets die Augen schloss, erntete Lasse Murmelgelächter. Und Motte musste zugeben, innerlich, vor sich selbst, er hatte auch ein Gefühl gehabt, na ja, von Erhabenheit, Bedeutsamkeit,
25   Besonderheit, als er mit Goethe im Rücken und Shakespeare vor der Nase die Holzbrücke überquerte. Als wären da irgendwie speziell geladene Atömchen in der Luft. War natürlich Quatsch.
30

Nächste Instruktionshalbstunde in der Fürstengruft. Kopfschmerzförderlich. Als Key mitgekriegt hatte, dass die blinkenden Zwiebeltürmchen oben nichts

Direktes mit den Geistesheroen zu tun
hatten, lutschte er ihren Namen aus:
„Maria Pawlowa, Marrriaa Pawlooowa."
Unten am Nordtor des Historischen
5   Friedhofs staunte und hörte die Truppe,
dass Didi dem- oder derjenigen, welche(r)
die meisten Namen der nun folgenden
Querstraßen korrekt zuordnen können
würde, ein alkoholisches Getränk seiner
10 oder ihrer Wahl in Aussicht stellte.
Saure Matta-Miene. Kunst-Staunen Frau
Grebs. Eifriges Sichsammeln bei Pogo.
Würgemimik bei einer Anzahl. Sie
trotteten bis zur Erfurter. Das Einzige
15 von Lasse war „DC fehlt" bei
Washingtonstraße.

Beinahe wie behaarte Dominosteine
klappten Lider zu. Ein Glück, dass der
20 Bus hoch nach Buchenwald sich schnell
leerte, so dass die Waldstrecke den
Ettersbergkamm entlang sitzend betrachtet
werden konnte. Hätte ... können, besser
gesagt, denn da war ja das Liderdomino.
25 Motte fand cool, zu welch intensivem Brei
sich akute Realität und
Kurzzeitgedächtnis vermatschten.
Schillerhaus, graugrüne Baumstämmchen,
Grabsteine, Klack-klack, wo die
30 Straßenplatten sich trafen, der Bart des
Ivotus, klackklack, müüüüüdeee.

Mottes Vater war ein alter Beatnik,
deshalb gab's immer mal so antiken Kram

im Zimmer des Sohnes zu hören. Ian
Anderson, zum Beispiel, den fand auch
Motte okay. Und der fiel ihm ein, als sie
sich dem monströsen Lagertor näherten.
5   „Jedem das Seine", scherzte Herr Key,
„ich will schlafen." „Thick as a brick!",
schnauzte Motte und war sicher, das
Anderson dem Anderen, der wohl von Tuten
und wahrlich von Blasen, aber sonst von
10 fast gar nichts Ahnung hatte, was flöten
würde.

Hammerhart, Buchenwald. Ging nah. Lag
nah. Zum Kotzen, dachte Motte. Didi
15 glaubte, niemand der Zöglinge würde
ausreichend immunisiert, wenn er, Ivotus,
es nicht schaffte. Also Zahlen, Namen,
Durchschleusen. „Mensch, isses hier
eng!", sagten einige, eher pragmatisch
20 als emotional berührt, als alle in die
Sonderzellen spähten. Rund um die
medizinischen Perversitäten herum machte
sich Betretenheit breit. Frau Greb wandte
sich ab, reichlich Mädel taten es ihr
25 nach. Didi sah irgendwie entschlossen und
zufrieden gleichzeitig aus. Matta war
wohl schon wieder draußen, hatte das
Ganze sicher nach Geisterbahn-Prinzip
durchgezogen. „Unvorstellbar!", flüsterte
30 Frau Greb mehr als dass sie sprach,
„unvorstellbar." Sie hatten sich alle
wieder auf dem Kieselweg versammelt.
Seltsam, viele taten so, als ob sie
frören. „Jaja, sollte man meinen, Frau

Kollegin", antwortete Didi mit eigenartig belegter Stimme, „aber Sie haben soeben davor gestanden, nicht?"

'Intrarollenkonflikt?', dachte Motte, schaute wie ein Leuchtturmwärter über die weite graue Fläche, auf der außer unordentlichen Barracken-Grundrissen und zähem Kleingewächs nichts war, und blies so viel Luft aus, dass ihm bange wurde, woher die auf einmal kam. 'The cold wind cannot blow away/the memories that fill this place/the sky is coloured deadend grey/in every stone a crying face'. Pogo guckte schockiert, aber nicht ihn an. Frau Greb hatte mit der Vorstellung einer Eben-nicht-Vorstellung zu tun. Matta führte sich ein Eukalyptusbonbon an die Lippen und hüstelte. Didi sagte weniger hussamäßig als sonst: „Ja. Wir gehen dann jetzt zur Ausstellung."

Zur Ausstellung.

Film.

Vortrag.

Fragen?

„Wie, äh, passt das zusammen, Weimar, ich meine Dichter und Denker und so – und dieses, hier?" Die Fachfrau lächelte. „Wie lang' bleiben Sie?" Matta resümierte, man müsse, Mahnmal noch, maximal, also, zehn Minuten. Didi seufzte. Motte hätte das auch gern gewusst, mit dem Passen, aber die Frau sagte, das zu erläutern dauere länger. „Werden-wir-unterrichtlich-aufarbeiten.",

brachte Frau Greb es aufrichtig an den
dämmernden Nachmittag.

Niemand sprach es an, aber alle
5   reagierten. All ihre Alltage in der
Domstadt, wo Glockenläuten ungefähr so
oft vorkam wie Autohupen, hatten sie
nicht auf den Sound aus dem Glockenturm
am Mahnmal Buchenwald vorbereitet, der
10   vier Mal tönte und Äderchen zu verengen
schien. Klanglos, schwunglos, kalt, tot,
wie eine fiese akustische Kanüle durchs
Trommelfell hindurch ins Hirn.

15   Didis Ruf als Dirigent aller Organisation
gelungener Schulfahrten war ihm
vorausgeeilt und saß schon in Gestalt des
Busfahrers am Steuer. Sie würden einen
geographischen Schaukelschwung machen,
20   von Buchenwald nach Belvedere. Den
Nordhang hinunter, durch die Stadt, den
Südhang wieder hinauf. Von einer
Endstation zur anderen Endstation. Motte
war die Melancholie auch nach mindestens
25   25 Halten nicht vergangen, und als alle
in enger Streubreite auf dem weiten
betonierten Parkplatz mit ordentlichen
Parkbuchten und Grün drumherum standen
wie unschlüssige Stabhochspringer vorm
30   dritten Versuch, holte er sich, total
unbeabsichtigt, einen rapide
geschleuderten Didiblick der positiv
erstaunten Sorte. Ein simpler Ausblick
war, mit einer Prise Durchblick gemixt,

in eine Pfeifmelodie gemündet. Auf der
anderen Hangseite, zwischen zwei
Gartenhäuschen im Vordergrund, war das
Mahnmal zu sehen, sicher ein gutes
5   Dutzend Kilometer Luftlinie. Klar, dachte
Motte, Antifa-Mahnung, ständig in
Sichtweite. Wohingegen die Nazis ihr
ätzendes KZ auf der Rückseite des Berges
versteckt hatten. Dann erinnerte er sich
10   an dieses Lied im paper (Skript). Dann,
wie er es mal geklimpert hatte, komisch
zerzogen in Depri- und Konstru-Stimmung.
Und er pfiff plötzlich in den Wind, dass
sie Moorsoldaten seien. Und da, darauf,
15   schnellte Didis Kopf herum. Und der Rest
stand weiter herum.

Pfaue gab's dann, im Lustschlossgarten –
ein besonders exhibitionistisch Draufer
20   wurde von manchen mit „Lasse! Na,
Lasse?!" angerufen, was ihn nicht zu
schrecken schien. Im Gegenteil, er
strebte entschlossene Räder schlagend auf
Frau Greb zu, der *ihr* Part im Realsketch
25   prompt einfiel. „Lasse in Ruhe!", rief
sie. Lasse klatschte Beifall und der Pfau
wich erschrocken zurück. Matta machte
wieder so eine Midi-Bewegung seines
Hauptes, Didi Uhrenvergleich. Und dann
30   gab's ab sofort den Abend zur Verfügung,
der freien.
'Live is life'. War Motte heftig
peinlich, aber diese Niveau-Arschbombem
musste man öfters mal machen, um die

sozialen Beziehungen auf *stand-by*-Level
zu justieren. 'Lala-lalala!' lärmte man.
Dass er sich nicht für den geborenen
Drei-Akkord-Arbeiter hielt, war den
5   Abschied-Ritual-PflegerInnen weitgehend
egal. Selbstständig wie sie nun mal alle
durch's Leben schunkelten, hatten sie
große Freiheit auf 'Feiern in der JH'
konkretisiert, weil, niemand wusste so
10   genau, was man denn so in Weimar abends
oder später machen sollte ...

„Määänsch, meine Beine!!", quälte sich
Romea am nächsten Morgen in ihre Röhren,
15   und Pogos altkluges „Tjaa, live is life
..." wirkte nicht wirklich krampflösend.
„Und dann noch die Klamotten zum
Bahnhof!!" Pogo fuhr fort: „Korrekt."
„Und dann *noch*mal gehen, wohin noch mal?"
20   „Tiefurt." „Was ist da?" „Steht im
Skript." „Wie weit?" „Steht im ..." „...
paar Kilos", sagte Motte. Pogo grinste
ihn an. „Nein!!" „Ja.", sangen Pogo und
Motte im Chor. Immerhin.
25
„Ich sehe, die klare Mehrheit unter Ihnen
strahlt eine gewisse Unlust aus.", sprach
Didi zu den 'uns' Anvertrauten, als sie
endlich alle wieder auf dem
30   Bahnhofsvorplatz standen, dessen
interessantes Design gerade mal wegen der
sehnsuchtsvoll wahrgenommenen Bänke in
ihr Bewusstsein dümpelte, wenn überhaupt.
„Weil Sie sich bewusst sind, dass Sie in

diesem Moment bereits die zweite Stunde
Unterricht versäumt haben." Vielfältige
Variationen von 'Hää??'. „Die Sie
genossen hätten, wenn wir gestern Abend
5   abgefahren wären." Angesichts des Bartes,
den solche Sprüche hatten, lachten nur
die Eifrigen. „Wie?", murmelte Motte zu
Pogo. „Tiefurt als Alibi? Time killer?"
Sie verzog keine Miene und sagte kein
10   Wort. 'Mannomann' dachte er. Und schaute
ohne zu wissen warum einem Zug hinterher.

Den ICE hatten sie nur deshalb knapp
gekriegt, weil die Lehrerschaft einer
15   Busrückfahrt aus Tiefurt ihr Placet
gegeben hatten. Großzügig. Kaum in den
Sitz gefallen, das blaue Schild, wo es
vorgestern auch gewesen war, im Blick,
fiel Motte, als er den dann auch im Wagen
20   schweifen ließ, wie hieß sie noch, Lady
Macbeth ein. Der Jahrgangsstufe fehlte
die Würze des Lebens, der Schlaf, oder
so, dachte er, und daran, dass er
irgendwo in Weimar einen Spruch, groß an
25   einem Hausgiebel, gesehen hatte. 'Keiner,
der eine Reise macht, kehrt so zurück wie
er gegangen ist.' Konnte verwertet
werden, die Reise nach Weimar, Motte in
Weimar, Mottemotte, da gab's doch diese
30   Fabel mit der Motte, *moth*, die sie in
Englisch gespielt hatten. Die zu diesem
Stern wollte, nie weiter als bis zum
Apfelbaum im Garten kam und trotzdem
sauglücklich war. Warum? Why? Why wei –

man müsste, dachte er noch, wissen, ob's
mar auch in Englisch gab. Dann erlag auch
er jener Würze. Zur selben Zeit sagte StD
Ivotus einen Wagen weiter vorn mit
5   kleinen Augen und anständigen Ringen
darunter: „Alles schläft, einsam wacht
...". Matta schwieg, Frau Greb seufzte.

Irgendwie – waren sie nicht dazu
10   gekommen. Alltag. Neuer Stoff, neues
Glück. Die Skripte wanderten in die
Archive, die Aufarbeitung in die ewigen
Jagdgründe und Motte, sowie alle Anderen,
zur Schule, hin und zurück.
15   Irgendwie – hatte er auch das *mar*-
Problemchen vergessen. Klausuren, Proben,
Älterwerden, das ganze Programm. In den
Herbstferien, plus erster Schultag
danach, London. LK Englisch.
20   Irgendwie – sei der Lehrer verrückt,
hörte man hier und da. Motte fand ihn
eher ver- *und* rückt, was einen
Unterschied darstellte. Ver- *und* rückt im
Sinne von nicht immer mainstream, wie in
25   der Glockenkurve der Normalverteilung.
Apropos: Frau Greb würde wieder dabei
sein, war noch nie in London gewesen,
erzählte sie.
Irgendwie – interessierte sich dieser Mr
30   L., auch mit Weimar kannte er sich aus.
Hatte nach ihrer Rückkehr so gefragt,
komische Dinge, *Zeitschneise*, *Szenario*,
Pfennigfuchser, *Gelmeroda*, *Du-Zone* und

noch mehr. Sie hatten erstaunt bis blöd
geguckt, er daraufhin auch.
Irgendwie – hatten alle Eltern ihre
Zustimmung gegeben, dass er den Job eines
5   Aufpassers für fast Erwachsene in London
ablehnte, trotz Großstadtdschungel und
so. O Wunder! Wahrscheinlich traute sich
niemand, die Angst um Sohn/Tochter als
erster zu bekennen.
10

Letzter der freiwilligen, gut besuchten
nachmittäglichen Vorbereitungschats. Mr
L. wettete (um ein Kursgelage), dass,
vorausgesetzt, alle ließen sich echt auf
15   die Stadt ein, würden so etwas wie
Neugier nicht nur deklam-, sondern auch
praktizieren, dass dann jeder und jede in
irgendeiner Weise kreativ würde, gar
nicht anders könne. Schreiben, malen,
20   sprayen, ..., denken. Das gelte im
Übrigen immer und überall, weniger oder
mehr, mehr zum Beispiel auch in Weimar.
Worauf er zwinkerte. Sie auch. Und in
diesem Moment fiel es Motte plötzlich
25   wieder ein.
„Gibt's ein englisches Wort *mar*?“
„Klar.“
„Ahar.“
„On the spot-poetry“, sagte Motte.
30   Komisch, in Englisch hatte er nie dieses
mulmige Gefühl, etwas gewusst zu haben
und dann schweigend angemacht zu werden.
So setzte er für die Bedürftigen noch
'spontane Dichtkunst' obendrauf und dann,

zum Lehrer: „Bevor Sie jetzt erzählen, wo
ich es überall hätte finden können, das
Wort, lassen Sie's und sagen es doch
einfach. Please." Derlei Ansprache wäre
5   woanders riskant gewesen, war es hier
nicht.
„Mein bisheriger Eindruck deiner –", Mr
L. räusperte sich wichtigtuerisch,
„– 'lexikalischen Performanz' –",
10   „Ja, weiter?!", warf Motte ein,
„– wird durch diese Frage, wie soll ich
sagen, ge*mar*t!"
„Zerstört?!" „Zu krass."
„Beeinträchtigt!" „Bingo." „WARUM
15   BEEINTRÄCHTIGEN?", sinnierte Motte. Für
den Ver- *und* Rückten half er nach: „Why
mar?!" Dann noch den Anlaut-Kussmund
weglassen, und: „Weimar!" „Interesting!",
staunte Mr L., er fand das wirklich,
20   wie's schien. Verrückt.
„Food for thought!", stellte Pogo fest.
Sie hatte sich in Bezug auf L.'s
Verrücktheit noch nicht festgelegt,
kleine Provokationen gehörten zu ihrem
25   Testprogramm, zum Beispiel das Abschießen
von Versuchsballons wie 'Wendungen, die
der Lehrer öfters benutzt'.
„Ja, lohnt sich. Drüber nachzudenken."
„Ok –", sagte Pogo schnippisch, „– machen
30   wir dann in London."

Er würde wohl an *die* Fahrt anders
rangehen, sagte sich Motte abends, als er
guckte, ob sein Perso noch gültig war,

36

why mar? Nicht nur in Sachen Pogo. Und nach Weimar würde er sicher noch mal kommen.

zweites erwach(s)en
benedikt mattern

5   Es war bereits nach 6:00 Uhr, schon
    längst wieder hell und auch schon fast
    wieder warm. Wir standen auf dem
    Bürgersteig vor der Disko, deren
    Belegschaft uns soeben freundlich aber
10 bestimmt wegen des nahenden
    Geschäftsschlusses herauskomplimentiert
    hatte und in der wir die ganze Nacht
    hindurch gefeiert hatten, als wenn es
    kein Morgen geben könnte.
15
    Doch der Morgen war gekommen, viel zu
    schnell und trotz aufgewecktem
    Vogelgezwitscher und einer duftend
    aufsteigenden, unverbrauchten Luft war
20 ich nicht der Einzige, dem ein leichter
    Schauer über den Rücken lief. Rastlos
    standen wir da. Unsicher, ob es das jetzt
    wirklich gewesen war. Wir würden uns nie
    wieder in dieser Vertrautheit wieder
25 treffen, das war uns allen nur zu
    deutlich klar. Doch unsere, zumindest
    meine, Unsicherheit erstreckte sich
    weiter. Nicht nur, dass sich ein Kapitel
    dem Abschluss näherte, gleichzeitig
30 begann ein neues. Wie würde es für uns
    aussehen?
    Für uns, die wir vor wenigen Minuten aus
    einem künstlichen Dunkel in diesen
    aufblühenden, eigentlich

vielversprechenden, vielleicht auch
herrlichen Morgen hineingestolpert waren,
die wir auf diesem leeren Bürgersteig
standen und nicht wussten, wohin mit
5   unseren Ideen, Träumen, Gefühlen und
Energien.

Es war das Ende der letzten Nacht unserer
Schulzeit. Es war die letzte Nacht, in
10   der wir für die Unendlichkeit gelebt
hatten.

kopf-arbeit
hans falkemeier

5   In der Stadt ist ein schöner geräumiger
Platz. Verschieden weit und breit um den
sandfarbenen Dom herum gelagert, mit
fester Steinkonsole den kreisrunden
Brunnen entlang, zum Beinebaumeln und
10 Gedankensammeln, fürs Album. Oder um ein
Bild zu machen, sich und anderen. Nicht
weit weg ist die altehrwürdige. Nicht
selten wandeln Lehrer über den Platz ihre
Linien, selten lust. Sie packen mittwochs
15 auf dem Wochenmarkt Frisch-Gemüse für
Familie in Tüten. Oder rufen kurze
Kommandos an Kinder zwecks geordneten
Beginns der Dom-Exkursion. Oder versorgen
sich mit den Überlebensstiften aus dem
20 engen, länglichen Lädchen mit dem
Nikotinmonopol oder werfen sich neueste
Neuigkeiten am Stamm-Tisch im Café mit
den teuren Torten in die Ohren. Oder sie
erinnern mit bedauernd zuckenden
25 Schultern die Verkaufskraft im Uni-
Buchladen an der Ost-Ecke daran, eine
Quittung auszustellen fürs Finanzamt.
Ganz, ganz selten sieht man sie Beine
baumelnd am Brunnen. Wenn, kommen
30 Geschichten raus.
Die Blick-Schwebebahn verbindet Brunnen
und Synagogenplatz. Endstation.
Dazwischen gibt es Haltepunkte. Einer ist
unter einem denk- *und* würdigen Schild.

Die Tür ist wie ein Fenster, auf ihren
beiden Seiten sind Fenster wie Türen, bis
zu den Eckwänden. Hinein und Hinaus wird
nicht durch Licht- oder Farbunterschiede
5   geregelt, sondern durch den gesunden
Menschen-Verstand. Schöner Duft innen,
Farben klären unprätentiös aber
unzweideutig auf, dass die Luft rein ist.
Sessel zum Haareraufen, Sofa zum Hare
10   Krishna-Fühlen. Wenn mild gewärmtes
Wasser weich spült, rutscht der Kopf in
ein Tuch und der Blick auf pausbäckigen
Cherub oben, Deckfarbe auf Decke.
Pantomimisch singt das Pummelchen 'Hair
15   we go'. Ein zur Welt offener Friseur-
Laden. Thomas ist derjenige welcher, und
er hat eine Philosophie. Sie hat etwas
mit Grenzüberschreitungen der angenehmen
Art zu tun, und mit Strand trotz
20   Pflaster.

Nicht weit vor Weihnachten ist es Zeit
für Gesine Tiedemann, sich das 60jährige
altehrwürdige Haar festtagsfähig
25   gestalten zu lassen. Sie wohnt und
arbeitet ein Stück weit draußen, aber
Thomas ist die Adresse und man kann vor-
wie nachher gepflegt und richtig gepflegt
sich gehen und sehen lassen auf dem Platz
30   mit dem Brunnen. Brighter lights, bigger
cities.
Während seine Hände mit den Utensilien
und Instrumenten und den Haaren umgehen
als handele es sich um Spiel viel eher

42

als um Arbeit – Gesine ist sicher, es <u>ist</u>
so – smallt der talk und kriegt die
Kurve. Thomas reicht ihr eine nette
Geschichte zum etwas anspruchsvollen
Verbringen der Zeit hinüber, die sie,
standhaft Unverheiratete, unter der Haube
verbringen muss und gerne will. Er hat
die story von einem unsympathischen
Kunden, der sich stromlinienunförmig
durchs Leben wühlt und Sympathisant
hellen Terracottas ist – Lehrer mal an
der altehrwürdigen – bekommen und
geschmunzelt, weil er ihr schnell und
spielerisch auf die Schliche kam. Gesine
Tiedemann könnte interessiert reagieren,
hat er vermutet, vielleicht auch
interessant. Recht hat er.

„Oh ja, das hört sich interessant an.",
legt sie in ihren Blick. Und
verschwindet, die etwas anspruchsvollere
Hauben-Taucherin, unter ihrer Glocke. Der
Titel hat sie hellhörig, weitsichtig,
feinschmeckend angesprochen. Theater muss
sein – Schule und Schein. Aus den
Augenwinkeln sieht, aus den Ohrwinkeln
hört sie ab und an Lachen. Er lächelt.
Dann ergeben Raum und Zeit die Ergebnis-
Sicherung. „Nett, nicht wahr?", erkundigt
er sich. „Doch, durchaus.", meint Frau
Tiedemann. „Manche Szenen sind direkt
lustig. Wenn ich mir vorstelle, ein
Macbeth-Darsteller kriegt Traubenzucker
gereicht, das ist ja wirklich mal etwas

Neues. „Interessant.", denkt Thomas und
passt auf, dass sein Lächeln sich nicht
zu einem Lachen ausweitet angesichts
dieser unerwarteten Steilkurve in den
5   Rückwärtsgang. „Sie haben doch immer
wieder ein Händchen für das
Ausgefallene", strahlt sie ihn an, „auch
in den Details." „Freut mich", bringt er
heraus, „ich hole den Fön." Auf dem
10   kurzen Weg zum und vom Regal kriegt er
ihn kurz.

Gesine Tiedemann wünscht Frieden und
Besinnliches, danke gleichfalls. Und geht
15   aus der offenen Welt auf den Platz hinaus
in Richtung Brunnen. Thomas setzt sich
auf eine Sessellehne und lässt kurz die
Beine baumeln. Von der altehrwürdigen ist
er vor Jahren geflogen. Durch die Welt.
20   Gelandet ist er, wo er gerade sitzt.
Gesine T. schaut noch schnell im
Buchladen nach Neuem für den Unterricht.
Ist gerade nichts da – aber wozu wäre sie
Lehrerin, wenn sie sich davon
25   unterkriegen ließe? Thomas hat jetzt zwei
nette Geschichten. Vom Leben geschrieben.
Auf dem Schild, dem denk- *und* würdigen,
steht 'Kopf-Arbeit'.

'a day of truth for the world'
(george w. bush – azoren – 16-03-2003)
hans falkemeier

 5   In der Zeitung war das Wetter für den Tag
     jenes Herren mit einer Sonnenkugel
     angekündigt worden. Aus *einer* Ziffer vor
     dem Gradkreislein sollten *zwei* werden.
     Nur eine Winzigkeit Hochnebel vorher. In
10   diesem Teil jener Welt. Jan ist das
     Wegprovisorium – seit einiger Zeit Umweg
     wegen Tunnelteil-Umbau – mit Ziel
     'Bahngleis' an 21 hinauf gestapft und
     dann hinaufhinab gestuft, dazwischen eben
15   ebenerdig gegangen. Oft wartet dort in
     der Gaststätte – Ingo, der Wirt mag Jans
     Bezeichnung für die nicht, weil Bahngleis
     keiner kennt – der kleine Timmy, Ingos
     kleinster Sohn, mit dem er
20   zusammentrifft, ohne verabredet gewesen
     zu sein. Der ist zwei und sagt, er wäre
     vier.

     Noch während des Herunterstufens sieht
25   Jan einen alten Mann, der wohl nicht
     weiß, was da alles wie zusammenhängt.
     Dunkler Mantel, dunkler Hut, fahles
     Gesicht, graue Barthaare unter der Nase.
     Eigentlich zu wenig, um als Schnurrbart
30   durchzugehen. Er lehnt sich mehr auf
     seinen Rollkoffer als ihn irgendwohin zu
     bewegen. Macht Mundbewegungen wie ein
     gestrandeter Fisch und hechelt dem
     Hinabkömmling eine bissige Frage

entgegen, fast ein Befehl. Aus Not
geboren. Kleine Speicheltröpfchen über
der Oberlippe. Es ist ihm egal, wen er
anzischt. Es muss raus. Der Zorn, die
5   Pumpe, die Kälte haben ihn so weit
gebracht, dass er wohl auch den Superstar
oder den Papst angeraunzt hätte. Sicher
auch den Osterhasen. Oder George Walker
Bush. „Wie komm' ich verdammt noch mal
10 aus diesem, diesem ...", kein passendes
Wort da, „raus??" Hilflos aber
entschlossen zur irgendwas (aber was?)
fuchtelt er erst den Bretter-Verschlag
zum gesperrten Tunnel-Bereich an, dann
15 lässt er die Arme ziellos baumelig nach
unten auspendeln. Dass vor Beider Nasen
ein Schild hängt, mit der Grobrichtung,
will Jan dem Entnervten sagen, aber da
nimmt der Alte ihm den Anschluss-Gedanken
20 aus dem Kopf und spuckt ihn aus: „Da
oben, da, war ich auch schon. Zweimal. Da
is' ja auch nix weiter. Verdammt noch
mal! Sucht man sich ja dumm und dämlich!"
Jan guckt auf graue Augen und ihr
25 Flackern. Er dreht sich um, dorthin, von
wo er gerade gekommen ist. Vier Meter
höher, fünfundzwanzig Stufen abgeschrägt.
Dem gestrandeten, vor ohn- *und* mächtiger
Ver-Zweiflung fast blinden Passagier die
30 Lage, und das Entrinnen, erklären? Mit
Worten? Er durchkreuzt seine schon
angesetzten wohlgesetzten Redepläne und
schnappt sich den Koffer. Dass er nicht
darf, eigentlich, wegen des Wirbelbruchs

vor zwei Jahren, macht diesen Kohl nicht
fett und ist nicht wichtig, irgendwie.
Geht ja sonst auch immer gut. Der alte
Mann guckt ihn an wie einen Rettungsring
5   bei Orkan auf dem Steinhuder Meer. Sagt
nichts. Schlurft langsam Richtung
Treppen-Anstieg. „Ich warte oben auf Sie.
Und dann bringe ich Sie ein Stück. Und
dann kommen Sie selber klar. Okay?"
10 Reaktion nur sichtbar. Hörbar das
höherfrequentig werdende Atmen, als die
25, Stufe für Stufe, den wohl 75-jährigen
Füßen weichen müssen, deren Beweger sie
verbissen in Einzelangriff nimmt.

15

Jan steht oben, stellt den Koffer ab und
ruft etwas Aufmunterndes hinunter. Der
Alte hat die Hälfte geschafft und ab
jetzt Aufwind. Wenn die Wetterfrösche
20 recht gehabt hätten, könnte man vom
hellen Licht am Ende des Tunnels zu
fabulieren anfangen – aber es ist ein
eigenartiger Tag. Das Grauen des Morgens
hat schon mal bis zur Mittagszeit
25 Überstunden gemacht. Der Helligkeits-
Unterschied zwischen erster und
fünfundzwanzigster Stufe ist keiner
großen Rede wert. Fast wie bei
Shakespeare. Statt Zenitzeit zu zeigen,
30 ist die Sonne unsichtbar. Aber wenigstens
frischere Luft. Zum Atem Holen.

Jetzt lehnt der Opa sich an die Brüstung
und hat zu viel mit Luft zu tun, um

wieder mit dem loszulegen, was ihm ins
Gesicht geschrieben steht. Ahnungsvoll
sagt Jan: „So, und hier waren Sie ja
schon." Energisches Nicken. „Weiß ich.
5   Und dann denkt man 'Was jetzt?'. Sieht ja
endlos aus, nicht?" „Jau!!", ächzt es
zwischen etwas blassen Lippen hervor.
„Ja, ist auch nicht so gut
ausgeschildert, kann man sich veräppelt
10   vorkommen." Zum ersten Mal ein Anflug von
Lächeln. „Aber – nicht aufgeben! Ganz
ohne Idee sind wir ja nicht!" Er stellt
sich wegweisend neben dem
Getränkeautomaten auf. „Hier! Da! Sehen
15   Sie das rote Schild oder was das ist, da
hinten?" Adlerblick. 'Ja' sagen die
Nackenmuskeln des Alten und nicken den
Kopf. „Und dahinter, das Holzding, rechts
runter?" Späh, späh – „Hell! Das Holz."
20   „Aahach! Ja, ja, seh' ich!" Er ist wieder
beim Ansatz von Kräften. „Das ist ihr
Weg. Da sind noch mal vier Holzstufen, so
behelfsmäßig. Aber sehr stabil. Und ab da
geht's nur noch bergab. Rechts. Sie
25   schaffen das – oder ... soll" – da greift
Opa schon den Zug-Griff und guckt noch
mal hin. Speichern. Und dann setzt er
sich langsam in Bewegung, wie ein
torfbeladener Lastkahn im Teufelsmoor.
30   Jetzt ist er schon fünf Meter weit weg.
„Tschüs", ruft ihm Jan hinterher, „und –
laangsam!" Das war blöde weil der Alte
schon wieder voll bei der Schlurf- und
Stapfsache ist und keine Konzentration

für Sprüchekloppen über hat. Aber ohne –
wär's auch nicht richtig rund gewesen.

Während er zum zweiten Mal die 25,
5   diesmal schneller, herunter läuft –
'Darfst du das?', fragt der innere
Orthopäde – hat er den Alten noch nicht
ganz abgehakt. Der Koffer war nicht ohne,
ist nicht ohne; die Holzstufen, das
10   Keuchen, die Aufregung ... – Jans
Sprünglein verlangsamen sich zu
gemessenen Schritten – soll er ...?
Sicherheitshalber? Vielleicht? Nochmal?

15   Unten steht eine Oma.

Bevor er nachschauen kann, ob irgendwo
eine versteckte Kamera blinzelt, sieht
er, dass es sich um ein
20   Wiederholungsopfer handeln muss. Mit
deutlich gebremstem Schaum. Sie hat nur
eine, überschaubare, Tasche, ist agiler,
auch etwas jünger, noch klar bei statt
ganz schön außer sich. Aber das Problem
25   ist dasselbe. Es macht sie verlegen, und
etwas ruckartig dreht sie ihren Kopf mit
den eher streng frisierten silberweißen
Haaren nach linksrechts. Wie alle seit
einer Woche hat auch sie plötzlich die
30   Bretter vor dem Kopf gehabt. Aber sie
kennt sich hier nicht aus – sieht man
sofort. Erleichtert lächelt sie, als Jan,
der Glückspilz mit dem fehlenden Helfer-

Syndrom, sie fragt, ob er ihr helfen
kann.

Zweites Mal die Runtertreppe ungeplant
wieder zurück. Hoch. Sie hat erheblich
mehr Speed als der Koffer-Opa und geht
fast auf gleicher abnehmender Höhe. Zu
warten braucht er oben nur ein paar
Sekunden. Aber die reichen. Es ist so
offen, so sichtlich, dass er sich im
Geist vor die Stirn klatscht.

Fünfzehn, gut, Meter entfernt. Kein
Geräusch. Keine Staubwolke. Kein Zug. Nur
Gleise. Und daneben eine dunkle Gestalt.
Ganz vorsichtig schiebt sie sich und den
Koffer voran. Zerbricht sich vielleicht
schon wieder den Kopf, über die
bevorstehenden vier Holzstufen. Oder
flucht vor sich hin, auf Gott, die Bahn,
die klamm werdenden Finger, wer weiß
worauf. „Tun Sie mir einen Gefallen?",
fragt er die mantelgeradeklopfende
Seniorin. Verdattertes, aber nicht
misstrauisches 'Jaah?'. Er redet, streckt
Arm und dann gezielt Zeigefinger Richtung
Osten, wo das rote Schild steht. Und
wohin der Opa ächzt. Als sie
durchstartet, tut er das gleiche.
Runtertreppe. Tunnel – Gleis-Unterquerung
– Zackzackzack, erste, pfuh, pfuh, zack,
zweite Treppe – rauf.

Er schaut rüber. Weit hinten, über den
Hügeln hinter dem Tal mit dem gequetscht
wirkenden kleinen Städtchen, ist die
graue Wolkendecke ein kleines bisschen
5   hell gesprenkelt. Sieht aus wie
Waldfruchtsuppe aus der Tüte, mit den
kleinen durchsichtigen Glibberkügelchen
Gelatine, so weit er weiß. Pupille
Herunterziehen bringt den Bahnsteig
10 gegenüber in den Blick. Da geht ein
älteres Paar. Langsam. Nebeneinander. Je
eine Hand am Rollgriff eines dunklen
Koffers, der folgsam hinterherkullert.
Sie scheinen über etwas zu reden. Nur
15 noch schwierig zu erkennen, dass sie –
jetzt – behutsam die Holzkonstruktion
abhaken. Dann ist ihre Gegenwart
Vergangenheit.
Auf dem Bahnsteig hängt, ewig
20 gegenwärtig, ein blaues Schild. 22.

„Kann ich mir gut vorstellen!", meint
Ingo der Wirt, als Jan ihm in der Kneipe
am Gleis 21 die Episode erzählt, und sich
25 wundert, dass er trotz Ruraururauru-
Treppe überhaupt kein Sisyphos-Gefühl
hat. „So müsste es überall sein – aber du
weißt ja ..." „Ja, ja, die Gefahren
lauern immer und überall", spult Jan ab,
30 „gibt dir keiner etwas für – kann
ausgenutzt werden – kann nicht nur auf
Einseitigkeit beruhen – wird von vielen
gar nicht erst bemerkt ... Weiter?"
„Kännchen?", grinst der Ingo.

„Kännchen!", grinst der Jan.

Zwei Stunden später raus aus dem
zeitweiligen Bahnhofs-Labyrinthchen, über
5   den Vorplatz, Richtung Bus Stop. Das
Bäckerschaufenster neben dem
Kopfsteinpflaster tut seine Wirkung.

Die resolute Blitzaugen-Verkäuferin von
10   so Mitte fünfzig ist neugierig geworden.
Während Jan Brötchen und Kakaoflasche in
den Rucksack zwängt, bohrt sie nach. „Das
muss ja was ganz Spezielles sein, was Sie
machen." Auf ihre Allerweltsfrage nach
15   'Na, Feierabend?' hatte er rätselhaft
geguckt und noch rätselhafter
geantwortet. Dass er, eigentlich, tja,
nie so Feierabend hätte. Verunsichert
lächelte sie dennoch. Kundenfreundlich.
20   Und hört plötzlich abrupt damit auf, als
ihn dieser Tag zu etwas treibt, das für
sie, und für sich genommen, ein totaler
Themenwechsel ist.

25   „Ach", sagt er, „das ist ja auch nicht so
wichtig, mit dem Feierabend – wo es ab
morgen Krieg gibt." „Tjaa", spannt sie
die Schultern erst an und zieht sie dann
etwas hoch, als sie hinzufügt, „aber da
30   können wir wohl nix dran ändern."

„Nee?", verwirrtschiedet er sie.
„Tschühüs!"

„Alles Gute.", hört er hinter sich her,
und hebt, schon draußen, schon mit dem
Rücken zu ihr, den Arm.

5   Fährt nach Hause und fängt an, diese
Geschichte aufzuschreiben. Und hört dabei
Knopfler und Clapton, Mandelakonzert
Wembleystadion, London, 1987.

10   „One world – one justice"

'Brothers in arms'. Keine Anführung,
keine Abführung.

15   A day of truth for the world.

terrob

hans falkemeier

  5　„Er hat sich immer in die letzte Reihe
gesetzt. Wollte in Ruhe gelassen werden.“
Schwierig zu erforschen. Jetzt.

Daniel kam nicht allein zum
 10　Elternsprechtag, na ja, war ja auch erst
Ende siebzehn. Sein Dad trat so auf, dass
er als wettergegerbter, Erfahrung
ausstrahlender Hochseefischer hätte
durchgehen können. Es stellte sich
 15　alsbald heraus, dass er Polizist war.
Höhere Beamtenlaufbahn, genau wie Jan,
der ihm als Lehrer seines Sohnes
gegenüber saß. Und nicht das Gefühl
hatte, dass Herr Beckmanns Beruf und die
 20　Fisherman-Aura einen schreienden
Widerspruch darstellten. Der Mann hatte
etwas von einem Vertrauen weckenden alten
Löwen im Dschungel des Lebens (Savanne
täte es auch). Also viel zu jung, um
 25　Seniorenleben anders als aus dienstlichen
Begegnungen zu kennen.

„Nie ist er durch irgendetwas
aufgefallen, das auch nur den Hauch einer
 30　Vermutung gerechtfertigt hätte, es liege
so etwas wie kriminelle Energie vor.“

Das Laberfach. ‘Pädagogik’. Daniel hatte
es zu Beginn der Oberstufe gewählt, weil

er sich nicht nachsagen lassen wollte,
etwas ohne Grundlage beurteilt zu haben.
Beweise mussten erbracht werden. Haltlose
Behauptungen waren zwar nicht unattraktiv
5   – sie konnten Kumpelprobleme verhindern,
eigene unterm Teppich halten, mehr 'in'
als 'out' machen – aber halt haltlos. Er
war von seinem, ehm, also, *bevorzugten*
Fachgebiet – *Lieblingsfächer* zu sagen war
10   nicht total von den Gefühlen begleitet,
die man bei so 'nem Wort ja wohl haben
sollte – Latein und Mathe gewohnt, dass
nichts ohne präzise Beweisführung,
Ableitungen, Folgerungen lief. Und daran
15   hielt er sich. Übrigens war das ja auch
Anspruch an polizeiliche Arbeit, hatte er
natürlich zu hause mitbekommen.

„Eher zurückhaltend, aber kein wahrer
20   Außenseiter. Eher schweigsam, aber kein
gehemmtes stilles Wässerchen. Eher
unspektakulär-lethargisch, aber keine
taube Nuss.‟

25   Und nun war Daniel gekommen, um zu hören
was er vermutete und um, vor Zeugen, dem
Lehrer seine Schlussfolgerungs-
Entscheidung mitzuteilen. Außerdem – und
ihm war wichtig, es klarzustellen – zu
30   betonen, dass seine Konsequenz nichts mit
dem Lehrer als Person zu tun hätte (ganz
im Gegenteil ...). Doch dazu kam er nicht
mehr. Weil etwas Überraschendes geschah.

An einer der schönen Schrägdachwände in
Jans Badezimmer sprenkeln 'zig bunte Pins
über den hellcurryfarbenen Untergrund.
Sie haben sich, naheliegenden
5   Überlegungen des Mieters folgend, zu
Rechteck-Vierergruppen zusammen getan. So
kam Überschaubarkeit in die Menge der
roten, schwarzen, grünen, blauen, gelben
Gesellen. Nur ganz wenige weiße dabei,
10   kaum der Rede wert. Die Kästen, deren
Eckpunkte sie sind, werden jeweils von
einem Bild ausgefüllt. Viele der Bilder
haben mit Wasser zu tun. Man befindet
sich ja schließlich in einem Raum, der so
15   nah am Wasser gebaut ist wie kein anderer
in der ganzen zweigeschossigen Wohnung am
Waldrand vor der Wiese mit sommerlicher
Löwenzahn-Decke. Beneidenswert, haben
schon manche dazu gesagt. Die Bilder sind
20   selbst geschossene Fotos. Groß genug, um
vergrößert an die Wand gepinnt worden zu
sein.

„Ich habe vor, Pädagogik abzuwählen, vor
25   der 11/2.", sagte Daniel und der
Löwenfischer streckte seinen Oberkörper
zufrieden gegen die Stuhllehne. „Gut!",
antwortete Jan. Der Junge blickte ihm ein
wortloses 'Hä?' entgegen, sein Vater
30   vermittelte einen 'Kurz-und-schmerzlos!'-
Funkspruch mit Pupillen, Irissen und
Gesichtsmuskeln. Jan? Fühlte sich auf *die*
Art wohl, wie man das tat, wenn man in
eindeutigen Erwartungen bestätigt wurde.

„Bei aller zur Schau getragenen
Gleichmütigkeit wirkt er nicht ernsthaft
deprimiert, oder verbittert – auch nicht
5 offen renitent oder unzugänglich. Ist ja
auch sozial integriert:
Vereinsmitgliedschaft Schützen, oder? Hat
eben, mein Gott, seine Grenzen, und das
soll man nicht unterbewerten, wie das ja,
10 Zeitgeist, heute häufig geschieht. Noch
sollte man es überbetonen,
selbstverständlich nicht. Nur um nicht
falsch verstanden zu werden jetzt."

15 „Ich hab' das so oder ähnlich erwartet,
und ich nehme auch an, dass du nicht auf
große Diskussion wegen der Note aus bist.
Klausur hast du nicht geschrieben, und
'sonstige Mitarbeit'", er schaute den
20 Jungen bei diesem, natürlich,
Niederlagen-Thema bewusst fest an, „ist
bislang, na ja, nicht der Superlativ,
nicht?" Daniel grinste leicht. Jan hatte
dran gedacht, '-per-' zu betonen.
25 Superidee. Sprach Daniel auf der Latein-
Ebene an, dort, wo er gut funktionierte
und alle Resultate tiptop waren.
„Versteh' mich nicht falsch", fügte er
hinzu, „ich finde es immer schade, wenn
30 einer – oder eine – das Fach abwählt,
aber weder bin ich deswegen sauer noch im
Einzelfall froh. Und, wie gesagt, stellt
keine Riesen-Überraschung für mich dar.
'Gut!' sollte heißen 'Gut für dich!'.

Vielleicht!" Vielleicht musste der Lehrer
den ihm gegenüber sich aufpustenden
Fragenballon noch leicht anpieksen.
„Willste wissen", - Blick an Herrn
5   Beckmann senior, den Löwen -, „wollen Sie
wissen", - Blick zurück zum Betroffenen -
„warum?". Wie aus der Wasserpistole
geschossen sagte Daniel 'Ja!', und sein
Erziehungs-Berechtigter nickte zwei, drei
10   Mal.

'Dan. 6,8. [...] Jeder, der innerhalb von
dreißig Tagen an irgendeinen Gott oder
Menschen außer an dich, König, eine Bitte
15   richtet, der soll in die Löwengrube
geworfen werden. [...] 6,10. König Darius
unterzeichnete das Verbot. 6,11. Als
Daniel erfuhr, dass das Schreiben
unterzeichnet war, kniete er dreimal am
20   Tag nieder und richtete sein Gebet und
seinen Lobpreis an seinen Gott, ganz so,
wie er es gewohnt war. 6,12. Nun
schlichen sich jene Männer heran und
fanden Daniel, wie er zu seinem Gott
25   betete und flehte.'

Wenn der Blick so etwa den Mittelpunkt
der eierschaligen Schräge sucht, findet
er ein eher unscheinbares und scheinbar
30   unscharfes Bild. Eine Regenpfütze, in die
hinein eine dunkle Gestalt sich spiegelt.
Hinsehen ergibt eher jung, eher Frau,
eher interessiert. Mehr aber auch noch
nicht und unter den umgebenden

Schnappschüssen sind eine Reihe viel
cooler.

„Ich habe das Gefühl, du fühlst dich in
Päda nicht wohl." Die Sätze mussten jetzt
gesetzt werden, nicht abgerattert. Nicht
weil sie cool kamen, sondern weil sie
sicher ungewohnt waren, als An- und
Ausgesprochenes. Das hatte Jan
Lerchenmüller oft erlebt. Auch den
Aufwand, den es manchmal brauchte, um die
schnell aufgebauten Gummi-,
Schießscharten- oder Betonwände auf der
anderen Seite zu überwinden, statt sich
entnervt abzukehren oder sich von ihnen
verletzen zu lassen. Oder, Königsweg
aller Abgebrühten im Pädagogischen
Alltag, sich diese Art von Stress erst
gar nicht anzutun. „Und zwar nicht wegen
der Leute im Kurs, oder der Themen,
jedenfalls meistens." „Stimmt.", sagte
Daniel. Sein Vater nickte wieder. „Zum
Beispiel bei dem Film," – an Herrn
Beckmann Ansatz der Klärung, 'Club der
toten Dichter', SchülerInnenwunsch, „Weiß
Bescheid", sagte Beckmann, „weiter!
Interessiert mich." – „beim Film also, da
machst du schon den Eindruck, dass du
engagiert bei der Sache bist." – Daniel
lächelte – „Ich verstehe; warum du jetzt
lächelst. Hm, man muss ja nicht unbedingt
labern, was sagen, um als engagiert
verstanden zu werden, ne?" Das Lächeln
verschwand. Die Körperhaltung des Jungen

relaxte, die Korrektheit trat in einen
vertretbaren Hintergrund. „Ich glaube,
das Problem ist: es gibt dann, nach Film,
oder Bild oder Text, nach irgend so was,
5   nicht in dem Tempo eine Entscheidung
'Richtig-Falsch', wie du das gerne
hättest. Und vielleicht" – Jan wusste,
dass das untertrieben war, aber er musste
ihm die Möglichkeit zu Beweglichkeit
10   lassen – „gewohnt bist."

Schulleiterin: „Wir gedenken – heute –
der sechzehn unschuldigen Menschen, ihrer
Hoffnungen, Träume, ihrer Plätze an den
15   Seiten derer, die sie liebten und
brauchten, die an diesem unfassbar
schrecklichen Vormittag ihr Leben brutal
verloren."

20   schrecklich – Adjektiv, *full of terror*,
terrible

Schrecken – Substantiv, *terror*

25   Kurz bevor der Mai 2001 sich mit wenig
Hoffnung daran begab, alles neu zu
machen, hatte das Friedhofsamt der Stadt
siebzehn Beisetzungen zu verarbeiten.

30   „Und dann sagt einer dies, der Nächste
das Gegenteil, der Lehrer nicht viel, du
wirst auf diesen Blickwinkel geschubst,
dann auf den anderen, Tafel füllt sich
mit Querverbindungen, 'Mann! Ist das

kompliziert!', denkst du, 'Ich will 'ne
Lösung!'. Ne? So in der Art, glaube ich.
Das Stressige daran ist, es macht
irgendwie unsicher und du *fühlst* dich
5   einfach nicht so gut, wie wenn du etwas
zack-zack-eins-zwei-bamm! ausrechnen,
zusammengießen oder -schalten kannst,
Input so, Output so, du kannst alles
überprüfen und abhaken oder
10   durchstreichen. Kann man sich beruhigt –
ich meine das jetzt nicht ironisch! –
zurücklehnen. Denn *Klarheit* ist da.
Sowohl bei richtiger als bei falscher
Lösung. Und hier, in dem Netz, das Päda
15   heißt, wird es mit Glück manchmal auch
klar, aber das dauert so verflucht lang,
und immer noch bleibt ein Rest Zweifel.
Ob denn nun ..., oder nicht vielleicht
doch ...? Unangenehm, nicht?" Daniel
20   schwieg. Ein Zug fuhr durch seinen Kopf,
mehrere Haltepunkte, Umsteiger,
Einsteiger, Aussteiger. Herr Beckmann
schien wie gebannt, ein wenig. „Ich
glaube, glaube, glaube, Sie haben
25   recht!", erkannte der Junge schließlich
an. „Hey, Daniel, das ist kein großes
Problem, ich meine, es ist eben so, in
diesem Fall. Bin nicht stolz darauf,
bilde ich mir nichts drauf ein."
30

'Wenn jemand etwas aufbauen will, was Sie
gerade nicht durchschauen sollen, dann
kann es eben sein, dass Sie es
tatsächlich nicht durchschauen. Selbst

wenn es um Ihren eigenen Sohn geht. Wer gekonnt belogen wird, kann die Lüge nicht erkennen.'

5 Daniels familialer Gesetzeshüter öffnete die Schatulle seiner Privatsphäre ein kleines vorsichtiges Bisschen. „Ja, in *dem* Fach geht es eben um Menschen, und die sind nicht bis ins Letzte
10 berechenbar." Er machte eine längere Pause und fügte, leiser, hinzu: „Gott sei dank." Daniel schaute seinen Vater mit einem Gesichtsausdruck an, der Jan verwundert vorkam, ungläubig. Er konnte
15 sich natürlich irren.

Die Silhouette und die Mimik der Frau in der Pfütze wird auch, wenn man genau hinsieht, durch das dunkle Pflaster unter
20 dem Wasser nicht wirklich verzerrt. Sie war, auch, Tochter-Kind. Das seinen Eltern bei aller Liebe, allem Stolz, allem Verständnis, zur Pfützenzeit sorgenvolles Herzflimmern machte. Dass
25 sie dort in der Pfütze zu der Zeit, März 2001, ein Jahr nach ihrem Abitur, von dem Knipser festgehalten wurde und unbeirrt durch Wellchen hindurch lächelte, gut gelaunt, war Mittelpunkt, Symbol und Kern
30 des Problems.

'Der Druck kam nicht durch uns. Wir haben gesagt, dass das Abi eine Riesenchance ist, aber mehr nicht. Wir haben auch

gesagt, wenn es nicht klappt, gibt es
andere Wege.'

Es ergab sich die unerwartete Parallele,
5   dass Herr Beckmann so etwa in Herrn
Lerchenmüllers Alter war und Daniel ein
Einzelkind, an Jahren ungefähr so lange
auf dem blauen Planeten wie Mick, des
Lehrers Sohn, geschwisterlos. Und, damit
10 das 'un' vor der Erwartung Zustimmung
ernten kann, dass beide Väter der Spezies
'Alleinerziehender' angehörten. Also
beschlossen die drei, sich mal zu viert
zu treffen. Dinge von gemeinsamem
15 Interesse auszutauschen und so. „Klar.",
sagte Fisherman, 'Stumm!', nickte Daniel,
„Klasse!", sagte Jan. In den nächsten
Tagen würde Daniel auf ihn zukommen, war
die Absprache. Wegen eines Termins.
20

Im Kurs waren wenige Szenen so heftig
kontrovers diskutiert worden wie die
Balkonszene im bläulichen Licht und mit
dem Heiligenschein der Lorbeerkrone auf
25 dem Kopf. Neil Perry's Selbstmord, wegen
des Betons, mit dem seine Umwelt, die
wichtigste, ihr eigenes Gesetz ummantelt
hatte, wohl auch um selbst nach der
Amputation des zweiten Teils den ersten
30 Teil mit Zufriedenheit – verdrehter,
verdrängter Zufriedenheit – leben zu
können. Es hieß 'Realität statt Traum!'.

Der Ministerpräsident: „Unser Land hat
einen Kranz gewählt, der *eine* Blume in
den Mittelpunkt stellt, die wie keine
andere die Hinwendung zum Licht
5   symbolisiert, die Hoffnung, die
Verheißung der Freude. Die große Malerin
Paula Modersohn-Becker hat gesagt,
Traurigkeit sei nur ein Atem Holen vor
der Freude. Sie hat viel gemalt, aber das
10   letzte Bild vor ihrem Tod zeigt dieses
Symbol. Die Sonnenblume."

Die junge Frau war oft von Gedanken ihrer
Eltern und Gedanken an ihre Eltern
15   begleitet. Sie liebte den Pfützenknipser
nämlich. Und der sie. Drei Jahre zuvor
war er einer ihrer Lehrer gewesen. Merk
und würdiger, provozierender Typ. Man
hatte so Einiges über ihn gehört. Sollte
20   sich auffällig viel um Schüler kümmern.
Als Lehrer hatte sie in damals okay
gefunden, später *okayer*. War anders.

Robert ging aus der Wohnung, beladen mit
25   seiner Sporttasche, in der Pump Gun,
Pistole und Munition waren. Zum Abitur-
Machen unterwegs, hatte er gesagt. Reife-
Prüfung. „Na, dann ist ja heute endlich
Schluss.", sagte seine Mutter. „Ja, dann
30   ist heute endlich Schluss.", sagte
Robert.

'Dan. 6,4. Denn in Daniel war ein
außergewöhnlicher Geist.'

Zwei Tage nach dem Elternsprechtag stand
Daniel an der Tür zum Vorzimmer zum
Lehrerzimmer. „Ich wollte einen Termin
5   klar machen, um mit Ihnen zu reden."
„Habt ihr einen Vorschlag?" *„Ich* habe
einen." „Und dein Vater?" „Ich." „Hm.
Und?" „Heute nach Unterrichtsschluss."
„Du? Allein?" „Ja." Jan ahnte. „OK, 7.
10   Stunde." „Bin da. Danke." „Ja, gut.",
sinnierte der Lehrer laut hinter dem
Schüler her.

Erfurt, 26.4.2002. Der achtzehnjährige
15   Robert S. unternimmt einen Amoklauf an
seiner ehemaligen Schule und tötet
sechzehn Menschen. Anschließend erschießt
der Täter sich selbst.

20   Erfurt, 26.4.2003. Zehntausend Menschen
nehmen an der Gedenkfeier zum Jahrestag
des Ereignisses teil. Auf der Freitreppe
zum Dom hinauf liegen sechzehn Kränze,
die von Sonnenblumengestecken dominiert
25   werden.

„Den Neil im Film kann ich gut
verstehen.", begann Daniel. *Dass* Daniel
begann war nicht typisch. Dass er
30   pünktlich um zwei nach eins am
Lehrerzimmer gewesen war, schon. Jetzt
saßen sie sich gegenüber, Sprechzimmer,
am runden einsfünfzigdurchmessrigen
Tisch. Was bedeutete, dass sein Vater

nicht dabei war, stand schon im Raum,
unsichtbar noch.

Manche der Zehntausend auf dem Domplatz
standen an der Statue. Zwei Jahre vorher,
nicht *nur* da, aber da eben auch,
funkelten um die Statue herum
Regenpfützen. An einem Samstagmittag, als
die Sonne den Tag nach verregneter Nacht
zurückholte. Die Frau im Dreieck von
Blättern, die der Regen eingefangen hatte
und die ihre Gestalt im Spiegelbild
umrahmten, war gottesgläubig und hatte
christliche Eltern. Und liebte einen, der
Ostrock mochte.

„Das ist mir an deinen Reaktionen im
Unterricht schon aufgefallen.“
„Echt?“
„Ja.“
Der Lehrer atmete demonstrativ lange und
geräuschvoll aus.
„Ich kann auch problemlos an eine Pistole
kommen.“
„Aha?“
„Mein Vater ist Polizist – Dienstwaffe
fast immer zu hause, wenn er keine
Schicht hat.“
„Ja. Klar.“
Daniels Blick wirkte nicht abschätzig.
Eher abschätzend.
„Weiß dein Vater was davon?“
Der Anflug eines Lächelns, ein
rudimentäres Kopfschütteln.

„Warum erzählst du mir das, Daniel?"

„Weiß nicht."

„Ich frag' noch mal: das ist keine Show jetzt?!"

5 „Nein."

„Denkst du, ich könnte dir helfen?"

„Weiß nicht."

„Ich auch nicht."

„Weiß irgendjemand was davon?"

10 Kopfschütteln.

„Ist dir klar – ich meine, hast du 'ne Ahnung, in was für 'ne Ecke du mich bringst, möglicherweise?"

Kopfnicken.

15 „Ja, dann – erzähl."

„Ich muss noch was klarstellen."

Jan schaute ihn an. Fragend.

„Die Kugel ist nicht für mich."

Jetzt spätestens war die Zeit für

20 reproduzierbare Sprüche der Buch-gelesen- oder Seminar-gehört-Art vorbei. Die Situation begann sich um Jan herum wohnlich einzurichten, er musste ihr seine Wohnkultur entgegen *sein*. Nicht nur

25 *halten*. So fühlte es sich also an, wenn Schrecken sich breit machte. Er dachte kurz an Mick, und wie schmal der Grat doch war, eigentlich. Der makellose Lateinschüler hatte *terror* in sich,

30 gelegt, entwickelt, auf dem Sprung. Sein nächster Satz würde wohl gezielt treffen.

„Sie ist – wäre – für meinen Vater."

'Uns hilft kein Gott/diese Welt zu
erhalten.'

Lerchenmüller hat die Geschichte zu Ende.
Auf dem Nachhauseweg stromert er noch bei
Schlecker vorbei. Erst in seiner Wohnung
erfasst ihn das Licht der Erkenntnis und
er staunt, lacht, und sagt: „Gibt's doch
nicht!" Dann schüttet er Blumenerde in
einen Topf und steckt ein Korn aus dem
Tütchen, das er vorhin, gedankenfrei,
weitgehend, gekauft hat, vorsichtig in
die nahrhafte Schicht. Und wäscht sich
die Hände. Im Bad. Im Spiegel spiegelt
sich die Pfütze, in der sich die Frau
spiegelt. Sie ist nicht mehr bei ihm. Mit
sauberen Händen stellt er den
Terracottatopf auf eine Fensterbank und
guckt seitdem immer mal wieder hin, so
zwischendurch.

Ein Same ist drin.
Helianthus annuus uniflorus.
Riesen-Sonnenblume.

Fände Robert sicher auch cool. Schwierig
zu erforschen, jetzt.

subterranean classroom blues
benedikt mattern

5   The train leaves to somewhere
Red back-lights disappear in the dark
I'm standing on the platform – freezing
It's silent again
It's gone
10

I'm standing on the platform
Still wondering what I'm doing here
Haven't I been here before
Wondering who I am
15   And what I'm doing here
All alone in the cold night
Out there on the platform
Waiting for the train
That can take me away from here
20   Does it stop here at all
Maybe

Maybe my whole life is a platform
Maybe I'm only heading for some red back-
25   lights
Maybe it feels good to be here – freezing

Please take me home
Too late
30   It's gone

alte sterne über digitalen zeiten
hans falkemeier

 5   Der Neue von ehedem hat die altehrwürdige
hinter sich gelassen. Aber manchmal holt
sie ihn wieder ein und dann erlebt er
Coverversionen der jüngeren
Vergangenheit.
10   Moralisch unangreifbar, weil im
bezügelosen Sonderurlaub als
Englischlehrer, wandelt er auf einer
seiner Lieblingsstraßen entlang. Der
Graben in Weimar. Kopfsteinpflaster. Wo
15   das Ambiente sich gut zur filmischen
Umsetzung der ersten Strophen von 'Sound
of silence' eignen würde. Da ist eine
knuffelige Apotheke mit Eigenwerbung im
Fenster. Ein Schultafel ähnliches Brett.
20   Mit Kreide beschrieben, ohne Technik, mit
Hand, ohne Hast. 'Alte Sterne leuchten
auch über neuen Zeiten'.
Nicht schlecht, denkt er, nicht schlecht.
Und wandelt weiter – unter anderem von
25   Weimar zurück ins Ostwestfälische. Wo
auch die altehrwürdige residiert.

Ein Vierteljahr später klingelt des
ehemals Neuen Telefon. Eine Viertelstunde
30   danach sitzen eine Mutter, ein großer und
ein etwas kleinerer Sohn mit einem
Klassenarbeitsheft in seiner Küche. Es
geht um Versetzung an der altehrwürdigen,
und die von Fachkraft Harzhaus

korrigierte Arbeit sägt den Kleineren ab.
Aber Mutter und großer Sohn, der sich an
seinen eigenen Unterricht bei dem damals
noch Neuen, alias Anderen, erinnert hat,
5   zweifeln. Der ehemals Neue findet, dass
er fair gegenliest. Frau Harzhaus. Die
einst alle verblüffte. Weil sie die
Karikatur von Unterricht, die in des
Neuen und des Netten 'Macbeth'-Version
10   erheiternd wirken sollte, aber laut
Schülern dem realen Harzhaus-Unterricht
brisant ähnelte, zum absoluten Highlight
der Aufführung erklärt hatte. Sein
Gegenlesen. Nichtfehler sind als Fehler
15   durchgegangen und haben das Kröpfchen
entscheidend voll gemacht. Fünf Stück,
nach seiner Meinung. Das hebt den
Fehlerquotienten auf obere Drei. Aber
kann ja passieren, sagt er zur vaterlos
20   angetretenen Familie, ist sicher
regelbar. Der Vater des Sohnes geht am
nächsten Morgen zur Fachkraft. Frau
Harzhaus lässt alle Jalousien flugs
runter. Er geht zur Schulleitung. Eine
25   andere Fachkraft aus dem Kollegium wird
beauftragt. Ergebnis: Korrekturfehler
werden konzediert. Aber nicht
entscheidend seien die. Der Vater kennt
noch eine Fachkraft. An einer anderen
30   Schule. Die weigert sich, einen Blick zu
werfen. In so was mischt man sich nicht
ein. Der kleinere Sohn, den der einstig
Neue nur einmal im Leben, und zwar jetzt,
getroffen hat (Eindruck: nicht blöd,

hedonistisch orientiert, nicht
intrinsisch motiviert, pubertierend
widerborstig) bleibt, wo er ist. Sitzen.
Der Sonder-Urlauber fragt nochmal bei der
Familie nach, weil, sachlich gesehen, ist
das Problem ja ungelöst, nicht? Die
Mutter sagt, vielen Dank. Aber wenn der
Junge erst nach ruchbar gewordenem
Protest versetzt würde, was würde dann im
nächsten Jahr an der Schule über ihn
hereinbrechen? „Na, naah.", sagt sie. „Da
ist Wiederholen doch einfacher! Müssen
Sie doch zugeben." Er kratzt sich am
Kopf. Muss er wohl zugeben. Danach surft
er mal wieder im Netz. Und findet, wie
das blinde Huhn, ein Korn. Die
altehrwürdige bleibt den neuen Zeiten
digitaler Kommunikation auf den Fersen.
Was man daran sieht, dass 150 *words* ins
Netz gestellt sind, Englisch. Sie
präsentieren die altehrwürdige in ihrer
flexiblen Zeitgemäßheit, suchen nach
Anglo-Vermailung und mehr. Er liest. 150
Wörter, fünf *mistakes*. Fehlerquotient
mittlere Drei. Geschrieben von Frau H.

Er freut sich schon darauf, Ende des
Jahres etwas fortbildungsmäßig Wichtiges
zu tun. *Macbeth*-Tagung. Für interessierte
Fachkräfte. In Weimar. Soll ihn nicht
wundern, wenn das Tafelbild im
Apothekenfenster, in der Graben-Straße,
noch existiert. Dort, wo man abends oder
noch später auf dem *cobbled stone* glatt

ein Karaoke abziehen könnte. *Hello
darkness, my old friend ...*

russische schriftsteller
benedikt mattern

5   „Man müsste sich mehr mit den Russen
beschäftigen. Den Schriftstellern. Und
man müsste sich noch mal von so Manchem
lösen. Noch mal was Anderes machen. Noch
mal was Anderes sehen.", dachte es und
10   sprach ein Anfang dreißig Jähriger mit –
zugegebenermaßen – leicht verzogener
Miene. Doch mit Anfang dreißig
relativiert sich auch Vieles. Da heißt es
vor allem, sich zurecht zu finden.
15   Zurecht finden im Job, in seiner Rolle,
im Leben. Mit Anfang zwanzig hielt er sie
für bemitleidenswert, heute ist er einer
von ihnen. Auch wenn er immer noch die
selbe Musik hört, laut, schnell, hart,
20   wenn auch aus anderer Perspektive. Auch
wenn er noch immer seine Gedanken durch
ihr Aufschreiben zu kanalisieren und
ordnen versucht; wenn auch nicht mehr so
schwarz-weiß. Und noch immer liebt er
25   Hauswände, auf denen 'LIEBER VERRÜCKT,
ALS EINER VON EUCH' geschrieben steht.
Und noch immer denkt er dabei an
dieselben Menschen.
Auf seinem Handrücken die Reste des
30   Stempels seines nächtlichen Club-Besuchs
(so nennt man das wohl heute). Es war
laut, sehr laut, zu laut. Und der Durst
reichte nicht einmal für einen annähernd
verschwommenen Blick. Auffallend klar

gestaltete sich der geordnete Rückzug.
Die nur halb leere Bierflasche ließ er
peinlich berührt in einer Ecke stehen.
Scheiß auf das Pfand.
5   Man habe jetzt Verantwortung.
Wisse man selbst!
Nicht nur für sich, auch für andere.
Und die Zeit des Träumens sei vorbei?
Sie fängt gerade erst an!
10   „Man müsste sich mehr mit den Russen
beschäftigen. Den Schriftstellern.",
dachte es und sprach ein Anfang dreißig
Jähriger mit annähernd entspannter Miene.
„Man müsste noch so Vieles machen."
15   Wird es tun. Vielleicht nicht sofort.
Vielleicht nicht allein. Vielleicht
irgendwann, wenn man es schon nicht mehr
erwartet hätte. Vielleicht zusammen mit
denen, die es vermögen, Dinge sichtbar
20   werden zu lassen, die ohne *sie* unbeachtet
vorbeigezogen wären. *Die*, für die man
jetzt Verantwortung mitträgt.
Man spürt es, wenn es soweit ist. Wenn
man nicht mehr um des Alleinsein willens
25   allein sein, wenn man Verantwortung
übernehmen und dabei Pasternak lesen
kann. Oder muss?
Auf dem Weg dorthin verlernt man Einiges.
An Manches erinnert man sich wieder und
30   lernt es neu. Bei Manchem wundert man
sich, dass man es einmal konnte und bei
Manchem ist man froh, dass man es nicht
mehr kann.

Und bleiben wir doch wir selbst/in dieser
Zeit der Aufregung und des Wandels/in
Zeiten der Unsicherheit/voller Erinnerung
und Hoffnung/an das was war/und auf das
5   was kommen wird.
And if you're sad about things happened
in the past, then don't look back. And if
you're afraid of things still lying ahead
of you, then don't look forward. 'The
10   world has turned and left me here' ...
„Doch jetzt noch nicht.", dachte es ein
Anfang dreißig Jähriger – das blaue
Schild am Bahnsteig im Augenwinkel (hatte
er irgendwo schonmal gesehen) –, lächelte
15   und legte den Stift aus der Hand.

über autor und herausgeber

Hans Falkemeier (†)
(hf), Lehrer unter
anderem für die Fächer
Englisch und Pädagogik.
Zeitweise tätig als
eben solcher an der
altehrwürdigen. Über
Jahre hinweg befasst
mit dem Beobachten und Aufschreiben des
Lebens als Zustand, Segen und Fluch.

15

Benedikt Mattern (bm), mittelmäßiger
ehemaliger Schüler an der altehrwürdigen.
In der Sturm- und Drangzeit Beginn mit
dem Verfassen kurzer und zunächst vor
20 allem englischsprachiger Texte.
Lebt, arbeitet und denkt als Exil-
Ostwestfale in Oberbayern.

Vorliegend nun die erste umfassendere
25 Veröffentlichung von Texten des Autors –
behutsam ergänzt durch einzelne Texte des
Herausgebers aus derselben
Schaffensperiode –, für die ihm, *dem
Autor*, abwechselnd der Verleger, das Geld
30 und der Mut gefehlt haben. Sie stammen
aus einem jahrelangen, nicht immer
regelmäßigen Briefwechsel zwischen Autor
und Herausgeber. Etwaige Vergleiche zu

Franz Kafka und Max Brod sind zulässig –
wenn auch nicht von gleicher Tragweite.

Zugleich erfolgt die vorliegende
5   Veröffentlichung mit dem respektvollen
Blick eines Schülers (hinüber statt
hinauf) zu seinem ehemaligen Lehrer, der
ihn mehr vom Leben gelehrt hat, als es
Lehrpläne jemals vorgeben könnten. 'Teach
10   your children well'!

We've got great expectations, don't we?

anmerkungen

 5   Alle Geschichten von Hans Falkemeier
     weisen Ähnlichkeiten mit tatsächlich
     Geschehenem auf. Dies ist – nach eigenen
     Angaben des Autors – durchaus
     beabsichtigt. Manche Orts- und fast alle
10   Personennamen sind geändert.

     Ein Wort zu der altehrwürdigen, welche
     orthografisch selbstverständlich eine
     konsequente Großschreibung erfahren
15   müsste (ob sie so groß war oder ist,
     bleibt jedem selbst überlassen): In den
     Texten des Autors variiert die
     Schreibweise. Der Herausgeber hat sich
     schlussendlich für eine Art emotionale
20   statt für eine korrekte Schreibweise
     entschieden, da in den Texten des Autors
     teils ein ungeschriebenes Substantiv im
     Anschluss an das adjektivisch verwendete
     mitschwingt und dieses hier auch gehört
25   werden soll.

     Ferner wurde seitens des Herausgebers
     bewusst der manuskriptartige
     Normseitenstil gewählt, um die
30   abgedruckten Texte möglichst nah an der
     vom Autor überlassenen Fassung
     wiederzugeben. Als das, was sie sind:
     Manuskripte.

Eine möglicherweise erschwerte Lesbarkeit
wurde hierfür in Kauf genommen.

Viele der abgedruckten Texte enthalten
5   Anleihen von Musikern und vereinzelt auch
anderen Autoren. Die nachfolgende
Aufzählung ist allerdings nicht nur als
Nachweis, sondern ebenfalls als
Inspiration geeignet.
10

Erstes Erwach(s)en – 'Wort zum Sonntag',
Die Toten Hosen, 1986.

Why mar?
15   – 'Where do you go to (My lovely)', Peter
Sarstedt, 1969.
– 'Why does it always rain on me',
Travis, 1999.
– 'The sound(s) of silence', Simon and
20   Garfunkel, 1966.
– 'Fuel (for fire)', Metallica, 1998.
– 'Thick as a brick', Jethro Tull, 1972.
– 'INCOMPLETESILENCE', Benedikt Mattern,
Alex Ries, 1999.
25   – 'Live is life', Opus, 1984.

'A day of truth for the world' –
'Brothers in arms', Dire Straits, 1985.

30   *Terrob*
– Klaus Brinkbäumer, Felix Kurz. Spiegel-
Gespräch 'Tot war er erst später', in:
Der Spiegel 18/2003, 42-46.

- Die Bibel. Einheitsübersetzung. Altes
und Neues Testament, Freiburg im
Breisgau, 2001.
- 'Der blaue Planet', Karat, 1982.

Alte Sterne über digitalen Zeiten – 'The
sound(s) of silence', Simon and
Garfunkel, 1966.

Russische Schriftsteller – 'The world has
turned and left me here', Weezer, 1994.

Über Autor und Herausgeber, - 'Teach your
children', Crosby, Stills, Nash & Young,
1970.